KB089642

호리천리

황금알 시인선 87

호리천리

초판발행일 | 2014년 6월 30일

지은이 | 강석화
펴낸곳 | 도서출판 황금알
펴낸이 | 金永馥
선정위원 | 마종기 · 유안진 · 이수익 · 문인수
주 간 | 김영탁
편집실장 | 조경숙
표지디자인 | 칼라박스
주 소 | 110-510 서울시 종로구 동숭동 201-14 청기와빌라2차 104호
물류센타(직송 · 반품) | 100-272 서울시 중구 필동2가 124-6 1F
전 화 | 02)2275-9171
팩 스 | 02)2275-9172
이메일 | tibet21@hanmail.net
홈페이지 | http://goldegg21.com
출판등록 | 2003년 03월 26일(제300-2003-230호)

호리천리

강석화 시집

황금알

어쩌면 시는 세상에 대한 대구對句일 것이다. 살아있는
것은 모두 자극에 반응한다. 피하거나 저항하거나 따라간
다. 그중에 일부가 울림으로 남아 그의 삶으로 파고든다.
그러므로 모든 시집에는 담지 못한 시가 더 많고 행간마다
고개 내밀지 못한 말들이 숱하다. 그래서 나는 시를 사랑
한다. 나의 시가 그림이 아닌 대구對句가 된 까닭이다.

이 때문에 나의 대구對句는 선별적이다. 사구를 많이 얻
는 타자가 삼진도 많이 당하듯 내 시가 주인을 닮아 들쑥
날쑥함을 부디 용서하시라. 세상이 넓은 만큼 닮은꼴도 많
으므로 시집을 내어놓는 일은 나와 같은 색깔과 울림을 가
진 이들을 활자로 만나 머리를 맞대고 함께 대구對句를 다
는 작업이 아닐까 싶다. 그러므로 모든 독자는 아름답다.

시의 길을 걷게 해 준 문단 선배들과 그 길을 뒷바라지
해 준 아내에게 이 책을 바친다. 모두에게 감사드린다.

2014년 천안에서
강석화 올림

차 례

1부 문

2부 봄

3부 비

4부 길

■ 해설 | 윤성희
현실을 간접화하는 따뜻한 관념의 옷 · 102

1부

문

문 밖의 사람들

따뜻한 봄날엔 온 세상이 내 품인 듯했어도 풀꽃 서너
송이로 작은 가슴 채워지고 나면 차가운 얼굴로 우리가
살찌기를 기다리고 있던 세상을 지배하는 숨은 규칙을
만난다
　그리하여 선택된 무리가 울타리 안으로 사라지면 남겨
진 자는 닫힌 문에 걸려있는 붉은 안내문을 읽어야 한다

　접. 근. 금. 지.

시선은 권력이다

주어진 약속은 무겁다
나를 지켜보는 새벽 교차로 붉은 신호등
저것은 등불인가 빅브라더의 눈인가

선악과를 먹어서가 아니었다
뱀이 깨닫게 해준 것은
누군가의 시선이었다

그로부터 신을 대신하여 진화를 거듭하며
어디선가 나를 보고 있는 은밀한 시선들

사랑조차도
너의 시선에 나를 가두고
때로 붉은 신호등의 시험을 견뎌야 하는 것

시선은 권력이다
물샐 틈 없는 매트릭스 검색창에서
지금도 누군가 나를 지켜보고 있다

* 빅브라더 : 조지 오웰의 소설 『1984』에 등장하는 사회체제 감시권력
* 시선은 권력이다 : 박정자의 사회비평에세이(기파랑, 2008)
* 매트릭스 : 워쇼스키 감독의 영화(워너 브러더스, 1999)

새우

한 병의 소주를 위해
새우 몇 마리를 놓고
펴지지 않는 등에 대해 이야기한다
떼돈을 벌 수 있다는 사업과
실직 삼 년차의 쓴웃음이
잠시 담배 연기였다가 흩어지고
긴 수염 늙은 새우와 눈을 맞춘다
고향을 떠나온 지 얼마나 되었나
몇 알의 소금 같은 그리움 털어내며
낯선 땅으로 밀려다니다가
우리 마주 보고 있구나
벗겨진 껍질 하얀 속살에 눈 시려
밤하늘 바라보면 저 멀리 파도 소리
물살을 가르던 굽은 등 다시 펴지는 날
세상을 질주하리라 목마른 새우야
서러움도 안주가 되는 포장마차에 둘러앉아
아직은 끄떡없다며 소주 몇 병을 더 비우고
물 좋은 새우였다가 이제는 껍질만 남은 사람들과
바다를 찾아 떠난다

떠들수록 외롭고
등이 휘어지는 밤에

삼겹살과 하이에나

하이에나는 날로 먹고 우리는 구워먹을 뿐이다
생존한다는 것은 누군가의 소멸에 기대는 일이다
죽은 나무에 불을 살려 제물을 올려놓는 까닭은
평온한 삶을 꿈꾸었을 너의 불분명한 희생과
내일을 알지 못하고 먹이사슬을 이어가는 우리를 위해
망각의 잔을 바치려는 것이다
타다 남은 살덩어리의 쓰라림을 씹으며
다음 차례를 기다리는 것이다
껍질과 지방과 살코기로 퇴적된 한평생의 무게가
한순간 불꽃으로 돌아간다 해도
어쩔 것인가, 이 질편한 잔치판에서
언젠가는 나의 몸으로 누군가 잠시 배부를 것이다
습격당한 영양처럼 나의 온 존재가
한 끼의 성찬이 될 것이다
그러므로 삼겹살을 굽는다는 건
향을 피우고 제를 올리는 일인데
우리는 뒷골목의 하이에나
붉은 피 대신 찬 소주를 삼키며
한숨을 토해낼 뿐이다

수급을 베었다

삼국사기를 읽는다
진흥왕 15년, 수급首級 이만 구천육백을 베었다
진덕왕 원년, 수급 삼만 일천을 베었다
문무왕 2년, 수급 일만을 베었다
피가 강물을 이루고
방패가 핏물에 떠내려갔다

신문을 읽는다
건강보험공단, 수급 사천을 베었다
대우자동차, 수급 칠천을 베었다
금융기관, 수급 사만을 베었다
눈물이 강을 이루고
아파트가 눈물에 떠내려갔다

삼국사기를 읽는다
삼국이 통일되어
창고에 곡식이 산처럼 쌓였다

신문을 읽는다

아이엠에프가 끝나고
대통령이 노벨평화상을 받았다

삼국사기를 다시 읽는다
천하는 후삼국으로 갈라져 사람들은
수급을 찾아 헤맸다

신문을 다시 읽는다
경제불황의 골짜기에서 사람들은
자신의 수급을 베었다

* 至於僵屍滿野, 流血浮杵 : 김부식의 '삼국사기' 김유신 열전 진덕왕 3년에
  서 인용.

18

위해 섯

늘어난 건 낚시질 솜씨와 빚뿐이지만
불알친구 술자리는 모두 녹여낸다
주문처럼 건배 구호를 외치며
추억을 불러내어 겹겹이 둘러치면
중력에 저항하는 팽이가 된다
비틀거려도 쓰러지지 않는다

카드를 긁어 돈을 빌려달라는 너나
한도초과되었다고 둘러대는 나나
눈 내리는 봄날을 견뎌야 한다
꽃은 반드시 피므로 외롭지만 말자
가랑잎 되어 바다로 쓸려가지만 말자
소주 몇 병에 지갑이 비어도
뒤통수는 치지 않는다, 위하여!

물길 따라 천천히 오고 있을 대어大漁 한 마리
어깨 펴고 불끈 팔에 힘주어
다시 낚싯줄을 던지자
굼실굼실 강줄기를 통째로 낚아올리도록

온몸을 다시 발기시키자
부르르 찌가 용솟음칠 때까지
위해
섯!

불빛은 은하수로 흐른다

이봐, 독방에 혼자 앉아서
세상 불빛을 다 차지하려 들지 마
임자 없는 것도 우리 거는 아니라구
가물거리는 저 불빛 보이지?
한때는 잘 나갔었어
그 옆에는 더 큰 불빛이 있었지
얼마 전에 쇠고랑을 차더라구
세상은 요지경이야
반짝이다가 꺼져버리는 저 건너 불빛 같은 거지
그러니 불빛이 되기보다는 별이 되자구
우리 가슴에도 별이 숨어있거든
사람은 작은 우주라잖아
가슴을 펴면 잠들었던 별이 깨어날 거야
활짝 펼쳐봐! 짜르르하지?
자, 은하수에도 소주 한 잔 부어주자구
별들이 우리를 향해 내려오고 있잖아
취한 별들이 물결에 반짝거리잖아
맞아, 눈물이 아니야 반짝이는 거야
별들도 울고 싶어질 때가 있겠지만

이봐, 지금은 아니라구
지금은 다시 일어날 때라구

소크라테스의 돼지

삼라만상이 허상이라는 낡은 진리를 깨닫는 순간
나는 자칼에게 목을 물렸다
가야 할 때가 되어야 답을 알게 되는 짧은 삶
우리가 꿈꾸었던 초원은 어디에 있는가
놀란 초식류들이 해탈을 향해 달린다
헐떡이며 뒤따르다가 제 뱃속을 위해 달려드는
맹목의 사생아들이여
너희 또한 계획된 존재라고 말할 것인가

소주잔으로 탁자를 세 번 두드리며
엄중히 언도하나니
너희에게 무슨 죄가 있겠는가
세상이 유죄일 뿐이다
사회가 너희를 구렁으로 몰았으니
그저 잘 먹고 잘 자거라
살 풋풋 찌다가 순서대로 몸 바치거라
소크라테스의 돼지들아

나는 목 물릴 때마다
그들의 목을 위해 기도했다

인생역전 人生逆轉

우주로 날아가다가 공중폭발한 컬럼비아호
운명을 결정한 것은 떨어져 나간 한 장의 타일이었다

자동차는 부품이 일만 오천 개
우주선은 오백만 개
초라한 내 몸의 부품은 몇 개인지 몰라도
여섯 개만 맞으면 뒤집어진다니
두 손 모아 복권을 움켜쥘밖에

인간의 욕심은 끝이 없다지만
저는 가난하여 소망도 간단하오니
여섯 개만 맞게 해주옵소서

다만 그보다 소중한 것이 남아있다면
잊지 않게 눈 앞에 놓아주시고
역전의 행운은 늘 따라다니도록
뒷주머니에 살짝 넣어주소서

호리천리毫釐千里

갔어야만 하는 자리였어
늘 뒤늦게 깨닫지 진정 소중한 게 무엇인지
나를 못 봐 서운해하더라던 자네의 말이 이제야 나를
후려치고 있어

그날 내가 그 모임에 갔더라면
시간이 그때부터 다른 길로 흘러
자네에게 달려들던 술 취한 차도 멀쩡히 지나갔을 거야
농담과 진담을 반죽하며 아마도 우리는
오늘쯤 술 한 잔 나누고 있을지 몰라

이제 한 잔 따르겠네
부디 받아주고 내게도 한 잔 부어주게나
늦게 온 내가 잔을 비우는 것을 용서해 주고
허허 웃으며 아무 말이나 들려주게나
나를 취하게 해주게
한 발 어긋난 나의 벗이여

* 差若毫釐 繆以千里(차약호리 무이천리) : 처음에 털끝만큼의 차이가 나중
  에는 천 리를 어긋나게 한다.

합병증

약 먹으면 일주일
안 먹으면 칠 일 걸린다는 감기와 겨루는 중이다
감기는 나를 액화시킨다 몸을 달궈 즙을 짜낸다
고장 난 수도꼭지처럼 맑은 물이 코에서 뚝 떨어져
바지에 수상한 점이 늘어난다
남사스러워 약방에 들렀다
그러나 눈 없는 알약이 구멍 난 콧물관을 제대로 찾을지
멀쩡한 관을 막아 다른 병을 만드는 건 아닐까 저어했
는데
상갓집에서
당연히 슬픔이 복받쳐야 할 그 자리에서
객관적인 자세로 머물다 돌아왔다
마음의 관이 막혀
마지막 보내는 자리마저 가치중립적이었던가
감기와 알약과 갑자기 먼 길 떠난 너 때문에
밤새 몸은 뜨겁고 눈은 시리고
지구가 비틀거린다
사는 게 어지럽다

도토리 약속

사람들은 공원을 만든다며
산을 깎고 나무를 뽑았다
도토리 알을 주워 마당에 심어
새싹이 손톱만큼 돋아나던 날

네가 자라서 열매 맺으면
앞산에 다시 심어주마
어린 새싹에게 약속을 했다

오래전에도 그런 약속을 했었다
당신을 땅에 묻으며
언젠가 통일이 되면
무덤가의 흙을 고향 땅에 뿌려주겠다고

어린 도토리 여름을 못 버티고
당신처럼 흙으로 돌아갔지만
봄이 오면 나는 다시 약속을 심는다
마당에도 앞산에도
당신이 묻힌 남쪽 산에도

깊이에의 강요

그의 그림은 깊이가 없다
노교수의 말씀은 그대로 꼬리표가 되었다
바닥 없는 골짜기에 물 흐르는 소리
불면의 귓가에 찰랑거렸다

깊이란 무엇인가
선으로 자르고 색으로 덮어도
붉은 낙인은 더욱 짙어지고
발버둥 칠수록 늪으로 빠져들었다

깊이보다 무서운 것은 없다
어미 잃은 새처럼 숲 속에 숨어서
그는 몇 점의 그림을 남겼다

작은 추모전에 비가 내리고
짧았던 외톨이 삶이 여러 입을 맴돌 때
이제는 침침해진 눈으로 노교수가 말한다
깊이를 알 수 없는 고인의 그림은

* 깊이에의 강요 : 파트리크 쥐스킨트의 소설(열린책들, 2008)

부흥을 위한 기도

주여
이 땅에 부흥의 물결이 일게 하여주소서
라고 쓰여 있는 버스가
고난의 길을 증명하듯
길가에 서 있다

병목을 이룬 길로 밀려드는 차들이
경적을 울린다

나도 기도한다
주여
부디 저 버스부터 데려가소서

심청전 분서焚書 사건

공양미 삼백 석에 딸을 판 심봉사를 본받아 보험료 천
만 원에 아비는 어린 아들 손가락을 자르고 효심 지극한
아이는 시키는 대로 울지도 못했더란다

구걸 다니던 열다섯 살 심청이 되살아나 왕비가 되고
뵈는 게 없던 심학규가 눈을 떴다 하니 아마도 그 아이
는 왕이 되리라

어느 날 손가락 없는 왕이 명을 내려 제 몸 파는 자의
부모를 옥에 가두고 효도를 뽐내는 책을 모두 불태워 인
당수에 재로 뿌리더라 그로부터 효자 덕에 팔자 고치려
는 사람이 비로소 없어지더라

미친년 미친놈

미친년은 쉬는년의 반대말이다
잡념을 떨쳐내고 한 가지 일에 몰입하는 해를 뜻한다
미쳐보지 않으면 머리에 잡초가 창궐하고 그 뿌리가
발끝까지 퍼져 마침내 황폐해진다
미친년을 겪어봐야 보들보들한 영혼과 말랑말랑한 가
슴을 얻는다 송골매의 눈으로 세상을 멀리 보게 된다

귀를 자른 고흐
낚싯바늘 없는 강태공
알몸으로 목욕탕에서 뛰쳐나간 아르키메데스

미친놈이란 미친년을 사랑하는 자를 말한다
일 초에 육십 번 춤을 추는 벌새처럼
바다를 떠나 강물을 거스르는 연어처럼
어떻게 미칠까 무엇에 미칠까 고뇌하는 사람이다

나도 한번 제대로 미치고 싶다
미친년과 궁합이 맞는 미친놈이 되고 싶다

* 미친년 : 정철의 불법사전(리더스북, 2010)에서 인용

죽음의 발견

욕실 바닥에 뒷머리를 내리쳤다 끊어졌던 의식이 깨어
난 곳은 다른 차원이었다 장막을 두른 듯 적요했고 빛의
부스러기들이 요정의 춤을 추고 있었다

나는 연기처럼 떠올라 정육점의 살코기처럼 누워있는
나를 내려보았다 살아온 날들이 스쳐 갔다 축약된 무성
영화처럼 사람들이 빠르게 지나갔다

빛무리가 내리 덮이며 세상이 지워졌다 소리 없는 비
명을 질러대던 내 안의 욕망들도 숨을 거두었다 나는 어
둠과 얼음 사이 아득한 블랙홀로 잠겨 들었다 측량할 수
없는 시간이 무겁게 흘러갔다

문득 빙벽에 실금이 그어졌다 시간이 꿈틀거렸다 날카
로운 바늘처럼 눈물이 눈을 찔렀다 손가락 끝에서 온기
가 느껴졌다

죽음과 삶의 경계에서 나는 분명히 보았다 숱한 소유와
만남이 지나고, 최후의 순간에 내게 남은 것은 단 하나

그것은 사람이었다
내가 함께한 사람이었다
삶과 죽음을 관통하며 끊어지지 않는 단 하나는
오로지 사람이었다

2부

봄

봄을 기다리는 자세

곁눈질하지 않는 사람과
산에 오르지 않겠다
산벚꽃을 엉겅퀴 보듯 하고
이름 모를 들꽃이 풀숲에서 손짓해도
갸웃거리지 않는데
무슨 수로 그 마음을 가져올까

눈 반짝이며 성공하려는 사람과
차를 마시지 않겠다
초를 쪼개 쓰는 일정에
느린 내 시간을 밀어 넣기 미안하고
빈틈없는 인맥관리에 올려질 내 이름
오래가지 못할 테니까

한눈팔며 한평생 보내어도
밑지는 장사는 아니라며
넉넉하게 웃음 짓는 사람

비어있는 듯해도 향이 배어 있어

나를 비벼 넣으면 맛깔 더해지는
그런 사람 어딘가에 피어있을 새봄

그와 차를 마시면
시간은 얼마나 여유로울까
그와 산에 오르면
봄은 또 얼마나 다채로울까

비결을 묻는 이에게

자네한테만 말해줌세
따라다니는 정성이 갸륵해서 말이야
자네는 많이 잡으면 최고인 줄 알지만
걸리는 대로 잡으면 하수下手인 게야
필요한 만큼만 잡는 게 도리라네
비결? 말로 배울 수 있다면 비결이 아니지
깨닫지 못하면 옥구슬도 자갈로 보이는 게야
나는 반백 년을 물 위에서 살았어
처음 십 년은 물길의 흐름을 살폈지
누구에게나 늘 다니는 길목이 있거든
그게 계절 따라 다르고 날씨 따라 변해
십 년을 더 지켜보니까 물빛만 봐도
어떤 녀석들이 있을지 알겠더라구
다시 십 년은 온갖 끄나풀을 미끼로 써보았지
그때부터 사람들이 나를 용왕님이라고 부르더군
자네도 한 삼십 년 여기서 담궈볼텐가?
말로 배울 수 있는 게 아니라니까
그 뒤 이십 년은 뭘 했냐구?
지금은 아무 때건 녀석들을 불러 모으지

그러기까지 꼬박 십 년이 더 걸렸어
진정한 꾼이라면 원할 때 할 수 있는 거야
마지막 십 년? 모르는 게 약일 텐데
녀석들과 이야기하며 살다 보니
잡았다가도 놓아주게 되더라구
그래도 자네
물고기 잡는 비결을 배워볼 텐가?

아침을 사랑하는 이유

내가 아침을 사랑하는 이유는
아침마다 다시 태어나기 때문이다

내가 그대를 사랑하는 이유는
그대가 나의 아침이기 때문이다

쉬이 저녁이 오더라도
설령 그대가 없더라도

줄바꾸기

살아가며 가장 어려운 일이 줄서기라기에
더 힘든 건 줄바꾸기라 했네
잡았던 손 슬며시 내리고 돌아서는 것보다
등줄기 오싹한 일 또 있을까

시 쓰는 중 어려운 게 뭐냐기에
사는 일은 다 마찬가지라 했네
드러나지 않는 의미들
뒤집고 돌리고 깨부수다가
행간을 꾹꾹 밟아 더는 담을 수 없을 때
그제야 숨 고르며 다시 길을 내는 일

그러나 자를 수 있어도 바꿀 수 없는 탯줄처럼
멀리서 숨 쉬는 고요한 말들

더듬거리며
쉽게 줄 바꾸지 못하는
어눌한 목소리의 시가
그래서 참 좋다고 했네

붉은 수박

불볕 장바닥에 팔려 나온 수박이
가슴에 칼을 꽂고 묻는다

나보다 속이 붉으냐
나보다 더 가슴 아프냐

면도

한번 씻었다고
깨끗해지는 것은 아니다
여러 번 본다고
알게 되는 것은 아니다
수백 번 맹세한다고
지켜지는 것은 아니다

밤마다 몸은 죽었다가 부활하고
마음의 밭에는 새 풀이 돋아나
아침마다 수염을 깎아야 하듯
사랑도 매일 다듬어야 한다

안항雁行

날개를 펴면 하늘을 덮고
날갯짓 한 번에 구만리를 나는
너무 커서 세상에 남을 수 없었던 새

붕은 깃털 하나 남기고 남쪽 바다로 떠났다
그 깃털에서 작은 새가 무수히 태어나
수 만 년 붉은 노을을 지키며
해마다 가을이면 신화를 찾아 떠난다

푸른 하늘 등에 업고
날개를 잇대어 한몸이 되어
앞장선 형제의 날개바람을 타고
서로 불러주고 교대하며 바다를 건너
끝내 구만리를 간다

형제들아
너희의 날개를 하나로 모아라
홀로 커서 몸 둘 곳 없는 대붕보다는
모여서 더 커지는 기러기가 되어라

* 안항雁行 : 기러기의 행렬. 남의 형제를 높여 부르는 말.

어리석은 농부

참깨는 마른 흙을 좋아하고
들깨는 모종해야 잘 크는데

참깨씨 밭고랑에 뿌리고
들깨는 옮겨 심지 않으며

날마다 날마다 물을 주는데
참깨야 들깨야 왜 요 모양이니?

어리석은 농부는 깨만 탓하고
헛똑똑한 엄마 아빠, 아이만 탓하네

농부는 깨농사에 다리가 휘청
부모는 자식농사에 허리가 휘청

깨들은 비실비실 시들어가고
아이는 부모 덕에 참깨가 들깨 되고

생쥐와 크림통

생쥐 두 마리가 크림통에 빠졌다
한 마리는 이내 가라앉고
한 마리는 끝까지 발버둥 치다
크림이 저어져 버터가 되어 기어 나왔다

예언자가 된 생쥐가 말한다
진실로 진실로 너희에게 이르노니
세상은 커다란 크림통과 같노라
포기하는 자는 생쥐보다 어리석도다

하늘은 스스로 돕는 자를 돕나니
눈 감으려는 자는 감게 될 것이요
한사코 염원하는 자는
구원을 얻으리라

불후의 명작

목멱골 미친 사람처럼 책을 탐하고
신문과 인터넷 넘나들며
진공청소기로 머릿속에 빨아들이면
입으로 삼킨 밥은 힘이 되고
코로 마신 바람은 숨이 되듯이
그 많은 의미들 내 안에서 발효되어
누에가 비단을 토하듯 반짝이는 시를
세상에 남겨놓으려 했는데

고작 몇 글자, 몇 줄에 허덕이며
눈만 부라리다 새벽에 잠들기를 여러 해
숱한 영혼을 끌어모아 깊이 묻어버리는 나는
전생前生에 블랙홀로 사라진 떠돌이별이었나

집사람이 옆에서 거든다
내 전생도 그랬나 봐
나도 듣는 대로 다 잊어버리거든
어머나, 우리는 전생연분이었네

* 이덕무(1741~1793)는 당대 최고의 독서광으로 스스로 목멱골 치인痴人이라
  칭했다. 정조는 규장각을 세우고 벼슬 없던 그를 초대 검서관으로 특채했다.

새해 선물

어느 해 여름
장맛비로 내리던 당신
멀리 바다로 흘러간 줄 알았는데
이제 폭설이 되어
다시 오십니다

계절을 지나 걸어가는 길
당신은 파릇한 들녘에서
봄나물로 피어 반겨주겠죠

내일이 염려되지 않는 까닭은
땅속 씨앗이 하늘로 자라고 다시 내리듯
우리가 이어지고 있음을 알기 때문입니다

사랑으로 가득 찬 새해
당신께 드립니다

향기나는 말

단골식당 주인아줌마
외동딸이 취직되었다며
길 가는 고양이에게도 인사를 한다

시장골목에 두 아줌마
싱싱한 생선을 자랑하다가
도미 이빨 같은 욕설로 원수가 된다

태초에 세상이 말씀으로 이루어졌다면
너와 나의 인연도 말에서 빚어지는 것

바라오니 향기 나는 말이 샘솟게 하여
세상을 향기롭게 하소서
내 입에서 가시를 뱉어
이웃의 가슴을 찌르지 않게 하소서

아이는 거저 크지 않는다

아이들 크는 게 사는 재미라며 노래방에 데려갔더니
중학생 아이는 기관총 같은 랩송으로 꼰대들은 모른단다
재롱둥이 막내딸도 학교 들어가더니 유행가 일색
게다가 저 요염한 몸짓

―하늘하늘하게 촉촉하게
―오늘 밤 당신을 유혹할래

우리 집만 유별난 건 아냐 요즘 애들 다 저렇다구
걱정스런 아내의 눈길을 토닥이며
아이들 손잡고 돌아오는 길에 보았다
세상을 향해 파닥대는 작은 날개 뒤로
사나운 매처럼 검은 눈 번득이는 밤하늘을

어죽오미 魚粥五味

친애하는 어공魚公 보옵소서

그간 격조하옵고

삼복염천三伏炎天 햇살이 시들기 전에

그대를 통해 오미五味를 얻고자

유붕有朋이 자원방래自遠方來할 것이오니

이 또한 즐거운 일이 아니오리까

무릇 어죽오미라 함은

흐르는 물에 발을 씻는 탁족濯足이 그 하나요

물속의 그대와 진법을 논하는 천렵川獵이 그 둘이요

나무그늘 밑에서 세상을 질타하는 입담이 그 셋이요

얼큰달콤 천하진미 어죽이 그 넷이요

주고받는 풍류 한잔 소주 맛이 그 다섯이라

생로병사가 계절 따라 순환하고

어죽오미 역시 자연에 귀의함이오니

그대와 나의 만남은 전생의 인연인 듯하외다

갖은 양념에 술잔 챙겨 들고

가까운 날 회포를 풀고자 하오니

청류淸流에 옥체 씻으며 부디 강녕하옵소서

성하지절盛夏之節 호어죽자好魚粥子 배상拜上

천 년 마라톤

백 년을 달려 반환점에 이른다면
얼마나 깊이 당신에게 닿을까
심장을 두드리는 진군의 북소리
차오르는 숨결로 당신을 향한다
눈길은 이미 산모퉁이 접어들고
당신은 들꽃 가득한 봄 산에 앉아
풀잎처럼 웃다가 하늘이 된다
배꽃잎 날리는 언덕을 돌아오는 길
사람들 물결 따라 시냇물도 달리고
당신의 긴 머리칼 내 어깨에 찰랑대는 듯
아우내 나무내 지나 가을 겨울 지나
한 오백 년 함께 달려 결승점에 이른다면
숨소리까지 우리는 하나가 될까
결승점을 지나도 이어지는 길
변치 않는 상록처럼 천 년을 더 뛰어간다면

* 아우내, 나무내 : 천안시 병천竝川면과 목천木川면의 옛 이름
* 해마다 봄이면 천안에 위치한 상록리조트에서 마라톤대회가 열린다

우리는 하나
— 6.25 호국영령 분향시

바다와 대륙이 손 내밀어 마주 잡은 곳
푸른 강산과 황금 들녘이 물결치는 이 땅에
심성 고운 겨레가 터 잡은 지 어언 반만년

침략의 발길 앞에 백의로 맞서며
아버지의 아버지, 그 아버지가 피로 지켜온 산하
산처럼 춤추고 물처럼 노래하며
어머니의 어머니, 그 어머니가 땀으로 일궈온 이 땅

분단의 상처 보듬고 오천 년을 이어왔으니
작아도 큰 민족 그 이름 대한민국
휴전선은 끝내 무너지리라
민족의 핏줄 뜨겁게 하나 되리라

겨레여
눈을 들어 저 푸른 하늘을 보라
세계가 우리를 부르고 있지 아니한가
불타는 심장으로 한라에서 백두까지
태평양에서 대서양까지

영광의 시대를 열어나가자

이 땅의 숭고한 호국 영령이시여
당신의 영전에 꽃다발을 바치오니
아름다운 이 강산을 지켜주시고
갈라진 우리의 손과 발을 이어 주소서

당신의 뜨거운 피로 우리 다시 태어나
한마음 한 몸 되게 하소서
동방의 등불이 되어 세상을 두루 밝히게 하소서

겨레의 얼에 새겨진 홍익의 꿈
세계를 주름잡는 경제대국으로
인류를 살찌우는 문화강국으로
널리 세상을 이롭게 하여
그 이름 하늘 아래 우뚝 세우리니

겨레여
제주에서 두만강까지 우리는 하나

칠천오백만이 한 목소리 되어
목청껏 노래 부르자
우리는 하나
오천 년이 다시 흘러
동해물이 마르고 백두산이 닳도록
우리는 하나
영원히 하나

3부

비

잠꼬대 연가

아내가 잠꼬대를 한다
시집온 지 이십여 년 굳은 어깨가
고통의 시발점이다 따지자면
덜어주었어야 할 짐 때문이라서
와불臥佛처럼 나는 잠 못 이룬다
낮에 자란 울화를 베어내어
어둠 속 온갖 빈터에 파묻고 있는데
사는 게 힘들다고 아내가 누군가에게 이야기한다
볼이 뜨거워진다 백 년 동안 잠에 빠진
백설공주를 보살피듯 어깨를 주무르며
세상살이가 그리 힘든 것만은 아니라고
조금 전까지는 마음에 없던 말을 한다
부스스 고개 돌리며 무슨 일이냐고 묻다가
새벽 두 시에 겨우 잠든 딸아이를 깨워줘야 한다며
여섯 시 여섯 시를 외우다가 다시 백설공주가 되는 아내
모닝콜을 끄고 아이를 깨우러 기다리는데
힘든 건 나만이 아니라 아내만이 아니라
아이는 알았다면서도 좀처럼 일어나지 못한다
지구 뒤쪽에서 오바마는

"Yes, we can"을 일곱 번 외쳤다
그 반대편에서 아내는 새벽밥을 차리고
아이는 학교에 가고
나는 찬물로 세수하며 잠꼬대를 지운다

* 'Yes, we can' : 2008.11.04. 오바마 미국 대통령 당선연설의 일부

감나무 철들다

십 년 만에 감이 달렸다
옆집에 가려 그늘진 마당 귀퉁이
대추나무 배롱나무 시든 자리에
아버님 가시던 해 감나무를 심었다
둘째 아이를 닮았는지 키는 하늘 높은 줄 모르고
가랑잎으로 마당만 어지르더니
이제는 저도 밥값을 하려는지
아이가 돈 벌어오는 걸 봤는지
푸른 열매를 보석처럼 몸에 두르고
기세등등하다
어떤 맛일지 아내는 못 참겠다며
익지도 않은 것을 기어이 베어 물더니
아이가 철들지 않는 것을 나무라듯
퉤 퉤 뱉는다
나머지는 할아버지 몫이다
절대 접근금지를 선포해놓고
날마다 감이 철들어가는 것을 본다
딸아이 주려고 예쁜 감잎을 줍는데
검버섯 드문드문

감잎 붉은 볼이 아버님을 닮았구나
덕분에 우리 집 감 농사는 대풍이다

틸란의 노래

몇 걸음 못 가 휘청거렸다
말씀의 숲에서 길 잃은 순례자처럼
맥락을 헛딛고 행간을 건너뛰면서
소걸음으로 큰 산을 옮기리라 믿었다

비탈진 모퉁이를 돌고 돌았다
길이 막히면 사람 공부가 부족하다 싶었다
심리학을 지도 삼고 카네기를 나침반 삼으면
인연의 씨줄 날줄이 드러날 줄 알았다

사랑하는 법을 배운 적 없어
사랑할수록 빈칸이 되는 이기적인 유전자
사랑은 틸란이었다 뿌리를 내려도 허공이었다

둘이 합쳐지는 곳이 소실점이 될 것이다
이별과 재회의 경계에서 대차대조표를 셈해 보면
파도에서 황금을 건져 탄식으로 날려보낸 날들

나이 먹고 산에 들어가는 사람을 이해하게 될 것이다

다 내려놓고 돌아앉아 묵언수행에라도 기대어
목마름을 과잉분비하는 못된 호르몬을 때려잡아야 할 때

비 오는 날이면

비 오는 날이면 생각난다고
노래하듯 당신은 전화를 했죠

소나기처럼 당신에게 뿌려진 적 없고
안개비 되어 감싸주지 못했는데
거기도 비가 오나요? 당신은 물었죠

그러면 맑은 날에도 창밖에 비가 내리고
훅, 끼쳐오는 젖은 머리칼 냄새
찻잔에 빗물이 스며들었죠

비 오는 날이면
수면을 차고 뛰어오르는 물고기처럼
여기저기 떠오르는 눈 깊은 사람

벨이 울리기를 기다리다가
빗소리를 전화기에서 떼어내다가
…… 내가 전화를 하죠

빗방울로 세상이 가득 찼다고
방울마다 당신이 들어있다고
이제는 가질 수 없는 전화번호를
눈으로 누르죠

내 방에 내리는 비

내 방은 매우 높아 희로애락이 엇갈리면 천정에서 구름과 안개가 피어나 비가 되어 내린다 빗물이 살갗을 씻고 핏줄로 스며들어 기쁨과 슬픔을 중화시킨다

빗방울 자국이 그림이 되고 시로 남는다 범종의 여운처럼 빗소리가 귓가에 맴도는 까닭은 내 방의 여백이 크기 때문이다 그런 날이면 마룻바닥에 빗물이 흥건히 고인다

내 방은 너무 넓어 한 방에 사는 사람도 찾기 어렵다

은행잎 편지

고흐의 들녘보다 선명한 잎새 한 잎
찬바람에 몸서리치다
가슴에 날아와 꽂힙니다
심장이 꿰뚫려 신음하다가

누가 보낸 편지일까
그리움에 떨고 있는 머나먼 사람 있어
황금빛 마음만 먼저 부쳤구나
당신의 뒷모습 삼아 책갈피에 끼워 둡니다

그로부터 가슴엔 은행나무 하나 자라고
노란 잎만 숱하게 쌓여가더니
오늘은 몹시 몸이 으슬거리고
마음도 미열로 앓아 눕습니다

당신은 이 가을을
잘도 견디는군요

특수상대성 심장병에 관한 보고서

특정 대상에게 반응하는 이 병은 느닷없는 만남으로
심장이 큰 북이 되어 울릴 때 발병한다.

심장에 화기가 깃들어 가슴을 닫고 있으면 스스로 화
상을 입고 문을 열면 밀려오는 열기로 상대를 태우는
사람에게 치명적이다.

감염된 심장은 밀림의 탐험가처럼 길이 없는 곳에서도
굳이 가자며 밤낮으로 둥둥 북을 울려댄다.

알코올이나 심리요법을 통해 치료 효과를 볼 수 있다.
지칠 때까지 달리기를 해서 땀으로 심장을 적셔도 두드
림이 잠시 잦아든다.

재발 가능성은 매우 높다.

늙은 보리

삶의 비밀은
추수 끝난 빈 들녘에 뿌려져
얼어붙은 땅속에서
봄을 기다리는 것

태산보다 높던 보릿고개도
보리피리 불던 아이도 가고
청보리밭 풍경 따위에 잠시 기대더라도
보이지 않는 바람처럼 이름을 이어가는 것

비를 마시고 햇살을 삼키며
몸 안에 초록을 오롯이 키워
잎은 하늘로 이삭은 흙으로
돌려보내는 것

망종을 기다리며
황혼에 누런 수염을 물들이다가
다시 누군가의 뿌리가 되는 것
삶의 비밀은

밀어내기

봄이면 앞산은 쑥 내음으로 덮이고
여름엔 달맞이꽃을 보며 소쩍새가 울었다
가을이면 언덕에서 억새가 춤추고
한 사람이 내 가슴을 그렇게 지나갔다

어느 날 불도저가 몰려와 산을 밀었다
산의 속살은 붉은 피를 흘리고
소쩍새 울던 곳은 야외무대가 되었다
내 속살도 파헤쳐져 한 사람을 밀어내야 했다

장맛비가 쏟아져 새 공원에는 골이 파이고
토사가 흘러 야외무대를 덮쳤다
내 가슴에도 흙비가 내렸다

밤새 비어있는 야외무대를 보며
이제는 울지 않는 새를 생각한다
사람들은 왜 밀어내려 애쓸까
밀어내다가 밀려나는 줄 왜 모를까

마음 비우기 수칙

흔들릴 때마다 하늘 보며
다 비웠다 다짐한다

가슴 먹먹해지면 두 팔 벌려
먼 산을 호흡한다

잡초처럼 되살아나면
죽비로 내려치고

비우면 채워진다는 헛된 말까지
쓸고 또 쓸어낸다

풍란風蘭의 죽음

겨우내 쌓여있던 눈이 녹아
꽃밭에 새싹이 숨어있나 했더니
말라 죽은 낯익은 풍란 한 포기
미라처럼 썩지 않고 묻혀 있었네

한 때는 내 사랑을 받아 마시며
차가운 돌 위에서도 푸르렀는데
어느 날 다른 꽃에 자리 뺏기고
잡초처럼 시들어 버려졌구나

캄캄한 땅속에서 하고팠을 말
종일토록 내 뒤를 따라다니네
사랑과 잊힘이 한 걸음이고
기다림과 죽음은 이웃이라고

너를 묻고 마지막 물을 뿌리며
돌아서는 내 모습 너를 닮았네
향기로울 땐 취해 듣지 못했고
이제는 불리지 않는 이름이었네

썩은 이에 대하여

왜 한사코 참기만 하는가
잘 먹고 잘살자고 부르짖는 세상에
보릿고개 같은 마누라
이가 썩어 속 빈 강정 되도록 견디다가
어린 의사에게 왜 이제야 왔느냐고
핀잔을 들어야 하는가

마누라 탓하다 나를 돌아보니
참지 않아도 되는 일 무엇이 있었나
불혹을 지나 지천명 넘도록
여덟은 참고 둘은 피해가며
참을 인忍이 셋이면 살인도 면한다고
아이들을 훈계했던가

부패되어가는 몸을 감추려
남보다 더 닦고 광내야 했던
그러나 끝내 뽑혀야 했던 썩은 이 하나
캄캄한 지붕 위로 너를 던진다
헌 이 줄게 새 이 다오
헌 나 줄게 새 나 다오

단감이 홍시가 되지 않는 이유

홍시, 반시, 대봉, 단감이 주름잡는 장터의 오후
태학산 단풍숲처럼 수북이 쌓여있는 단감과
새색시처럼 조신하게 소반에 앉아있는 홍시를 두고
고민한다 어느 것을 살까
세상은 인색한 부자라서 양손에 떡을 주는 법이 없어
어떤 이는 단감으로 홍시를 만들려 혁명을 꿈꾸거나
중용을 논하며 하나에 만족하거나
아니면 모두 포기한 채 도인을 닮거나 하며
맴돌며 살아간다 사랑하고 이별한다
감나라가 된 장터에서 나도 감이 되어
홍시를 그리며 그늘에서 숙성을 기다릴지
햇살에 데이며 일찍 익어갈지 잠시 견주어보았다
이름부터 단맛과 단단한 몸집 고집하며
우리는 결국 혼자라고 가르쳐 주는
단감이 왜 홍시를 부러워하랴
그래도 선홍빛 때깔 좋은 홍시가 되려 한다면
한 번의 상처에도 피처럼 속살을 흘리며
뜨거웠던 여름날을 증명하며 가겠지
그러나 나는 누군가의 까치밥이 되려고 첫눈을 기다리

지 않으리
　버려져도 단단하게 가을을 움켜잡고서
　단내 풍기며 자랑스레 썩어가리라
　내 마음 안다는 듯 웃는 아줌마
　덤으로 단감 하나 더 넣어준다
　사랑을 덤처럼 주고받는 사람들보다
　아름다워라 두터운 손

뫼비우스의 기차

커플티 두 청춘이 참새처럼 붙어있다
내게도 그림엽서 같은 날들이 있었다
이제는 환히 보이는 길
진실의 순간은 누구에게나 온다
입 맞출 때마다 한 모금씩 어긋나는 궤도
시간이 철길 위를 흐르고
저마다의 기차에 몸을 실었을 뿐
그리하여 꿈꾸지 않은 곳에 내가 와 있듯이
저들도 어느 갈림길에서 바다를 만나고
끝에서 끝으로 철로는 순환하여
낯선 모습으로 다시 기차를 만날 것이다
나는 기회의 문을 다 열지 못했다
기차는 역마다 섰지만 내리지 않았다
내가 열지 않은 문을 지나
바람 부는 어느 역에서 내린다면
먼 길을 돌아 고향 언덕에 오른 탕자처럼
뫼비우스의 기차는 둥근 몸을 접고 쉴 수 있을까
운명교향곡을 연주하듯 쇳소리를 울리며
기차가 달려온다

나를 닮은 저들에게
저들을 지켜보는 나에게

단풍

나 어쩌면 자만에 물들어
얕은 재주를 벼슬로 여기지 않았는지

우리들 혹시 일상에 길들어
시간을 방패로 삼지 않았는지

이제야 알겠다
가을 잎이 저절로 붉어지는 까닭을

4 부

길

남강으로 부치는 편지

찬물로 이마를 씻고
새벽의 간절함으로 편지를 쓴다
하늘에서 내려온 별들의 이야기를 해야겠다
은하수 물길을 따라 의암義巖으로
푸른 고기떼 헤엄쳐 오던 밤
잃어버린 가락지 찾아
물밑을 뒤적이던 이야기와
그로부터 비롯된 수많은 떨림들이
어떻게 물결이 되어 흐르게 되었는지
푸른 고기 따라 내려온 별들이
어떻게 물결에 반짝이게 되었는지
남강 물빛으로 끓인 차를
꽃무늬 유리잔에 다시 채우며
진주성 비탈처럼 그대 향해
기울어가는 마음도 그려 넣는다
별들은 남아 그대 눈에 스미고
밤마다 나를 비춘다
눈이 부셔 뒤척이다 맞은 아침
바람 부는 거리로 나서면

남쪽 하늘로 쉼 없이 날갯짓하는 새들
나도 쉬지 않고 별을 향해 간다

운초 가는 길

부용화 곱게 피어 연못 가득 붉어도
가는 봄 지는 꽃 부여잡지 못하네
광덕산 거친 솔밭길 운초에게 가는 길

외줄기 삼킨 마음 詩로 돋아나
삼백 년 지지 않는 삼백 수 꽃 되었네
봄바람 짧은 인연에 밤새 우는 소쩍새

연꽃으로 살다가 들풀 되어 누운 임
솔향기에 취한 길손 제 늙는 줄 모르고
홀로 핀 애기똥풀에 탄식하며 지나네

* 1,2행은 운초의 詩에서 借句함. 芙蓉花發滿池紅('戲題'의 起句)
                                        無計留春春己老('惜春'의 轉句)

애기똥풀 추모제

광덕산 허리춤에 연꽃보다 고운 임
사월 끝일요일이면 그녀를 만난다
육법공양에 음악회 시낭송까지
잔치는 호사롭지만 모이는 이 스무 남짓
그리고 애기똥풀 한 포기

생전에도 초당마마는 너울이었을까
무덤가에 홀로 피었다가
찾는 이 없어 더욱 작아지는
금빛 꽃잎을 본다

둑방 위 부용芙蓉이던 시절
연못 속의 부용을 노래하다가
사랑을 얻고 정인情人을 보내고 사십 년
초당은 운초雲楚의 연못이 되었다
정형定型으로 달여낸 달과 별들을
삼백 송이 연꽃으로 피워냈다

강산이 수십 번 바뀌어도

여전히 제 궁리에 바쁜 사람들이
잠시나마 연꽃 향기에 취하며
산자락 구름 같은 말로 그녀를 기린다

초록 풀섶을 뚫고 고개 내민 애기똥풀이
운초의 현신인 듯 우리를 지켜보는 것 같아
나는 눈먼 발이 밟지 못하게 어정거리다가

지금은 자취 없는 김대감의 묘를 생각하며
평양감사는 꿈도 못 꿀 추모제를 더듬으며
사람들 따라 산에서 내려오다
문득 돌아보니

푸른 솔잎을 헤치고
노란 얼굴이
보일 듯 말 듯 손을 흔든다

* 운초 김부용 : 18세기 조선의 여류시인으로 평양기생 출신이다. 평양감사
  김이양의 후실이 되어 수절하며 한시 300여 수를 남겼다. 천안 광덕산에
  묻혀 해마다 4월에 천안문인협회와 뜻있는 이들이 추모제를 지낸다.

온양 장날

염티 할매, 깻잎 오백 단을 이고 장에 나왔다
경로당 흥겨운 체조교실도 제쳐놓고
새벽부터 차지한 명당자리에서 손님을 손짓한다
서울 가는 전철이 머리 위를 달리고
미꾸라지 떼는 붉은 고무통을 엎어버릴 듯 난동이다
화분장사 아줌마가 삼천 원을 외치며
모기 쫓는 구본초가 에프킬라보다 싸다는데
건너편 모기향 아저씨는 그저 웃는다
방에서 싹 틔우는 백련 홍련이 한 봉지에 오백 원
말 잘하는 앵무새는 만 오천 원인데
한 마리만 사가시면 생이별이니 이 일을 으쩐대유
장터 한구석 노천 족욕탕에서
왕처럼 우아하게 양말을 벗고
천 년을 변치 않는 뜨거움을 그대에게 보낸다
세종대왕 눈병을 고친 온천수에
무엄한 맨발들은 왕후장상이 부럽지 않다
천 원짜리 잡동사니들의 열병식을 사열하고
반대편으로 돌아서니 먹거리가 줄을 섰다
장날에는 역시 국밥이 제격인데

맛집이 저기라며 팔을 당긴다, 보아라
하늘로 솟구친 굳건한 교각처럼 오늘날
충무공은 학익진을 이끌고 장터를 지키신다
살고자 하면 죽고 죽고자 하면 살 것이니*
사고자 하면 팔고 팔고자 하면 살 것이다
오일장 미꾸라지야 니들은 오늘 종쳤다

* 必生卽死 死必卽生 : 살고자 하면 반드시 죽고 죽고자 하면 반드시 산다
  (이순신 장군의 어록 중에서)

86

온양의 목련

온양여관 앞마당 키 큰 목련은
다른 목련보다 보름 먼저 꽃을 피우지
현충사 산수유 남해 동백도
북풍에 몸 사리며 겨울잠에 잠겼을 때
겨우내 얼지 않는 온천물에 발 담그고
선구자의 등불 되어 세상을 일깨우지
그제야 시샘하며 봄이 뒤따르고
제철 만난 꽃들이 거리를 수놓으면
황사 바람에 멍든 몸을 땅 위에 내려놓지
사람들은 탄식하네 어제의 임이 아니라고
늙고 병들 때까지 매달린다고
하지만 임이 아니면 봄이 오지 않고
벚꽃도 임 없이는 피지 못하네
이제야 잎 내미는 줄기를 쓰다듬으면
손끝에 전해오는 새로운 희망
물오른 가지에 봄이 넘치네
잎새마다 파릇하게 여름을 꿈꾸네

눈 내리는 날엔 온천에 가자

어머니는 온천파다
손주들 뒷바라지 지친 몸을 약 달이듯 탕 속에 담근다
김밥도 싸가고 친구들과 이야기꽃을 피우다 보면
보기 어려운 며느리 얼굴도 잊는다

어머니를 본받아 나도 온천파에 가입했다
세상살이 묵은 때 상한 때
이태리타올로도 벗겨지지 않을 때
알칼리와 유황으로 처방을 내린다

눈 내리는 날 노천탕에 앉으면
차가운 머리는 뜨거운 몸으로 분리되고
땅속에서 솟아 승천한 물은
흰 눈이 되어 내 머리칼에 내려앉는다

너를 한 모금 마시면
내 안에도 작은 온천 생길 것 같아
모순도 갈라짐도 다 녹여내고
다정한 사람들 윤기나게 닦아주게
내 가슴 속에 솟아나지 않겠니?

해랑사 海浪寺

내 마음의 바다
뭍과 헤어지는 그 어름 솟아오른 절벽 위
어쩌면 파도에 튕겨 휘어진 소나무
방향 잃은 바람에 산발한 물보라처럼 아슬한 감촉
걸어서도 날아서도 갈 수 없어
허구인 듯 찾아드는
해랑사를 아세요?

빈 몸에 가득 바다를 마셔
부질없는 무無의 고집을 털고
신화를 잃은 회색 뇌에
핏빛 노을을 되돌리는
해랑사에

목마른 석탑
이끼로 변색된 심장을 잡아채는 풍경소리
울림과 떨림…
기우는 몸짓으로 조여오는
해랑사 춤추는 바다를

대천항 大川港

배가 가슴을 가르자
바다는 금빛 속살을 드러내며 길게 누웠다
바닥이 꺼져 바다라 부르고
끊긴 길에 서서 섬이라 했다
너는 나의 바다였고 섬이었다
가슴을 열면 깨어나는 사랑
사랑은 너의 눈부심을 발견하여
그 빛으로 나를 씻는 일이었다
섬을 쌓고 다시 허무는 일이었다
소용돌이였던가 우리를 젖게 했던 폭풍의 날들은
풀수록 헝클어지는 매듭이었던가 그 거센 물결은
이제는 갈무리를 재촉하며 붉게 타오르는 저녁 바다
번져오는 화염에 배는 머리를 돌리고
구부러진 뱃길을 삼킨 바다는
낚시에 걸린 물고기처럼
한사코 해변으로 끌려 나와 부서지며
삭혀지지 않는 약속들을 끝없이 토해낸다

봉서산鳳捿山

새 한 마리 날아와
산머리를 선회하다 앉을 곳을 찾지 못해
과거의 블랙홀로 돌아간다
새가 날아간 궤적을 나는 기억한다
남들은 보지 못하는 내 마음속에
그대가 날아간 자리 남아있듯이
작은 날갯짓이 차지하던 공간의 의미를 이제는 안다
그대 이후로
가슴 깊이 함몰된 날개는 부패되어갔다
밤마다 심장을 쪼아대던 날개의 열병은
왜 모든 것을 버려야 할 만큼 치명적이지 못했을까
봉황을 품었다가 산에서 잘려나와
이제는 참새도 살지 않는 공원처럼
날개 잃은 것은 모두 침묵한다
부끄러워 하늘도 돌아눕는다
날고 싶다
살을 찢고 퇴화된 날개를 꺼내어
비상飛上을 두려워하는 비겁의 땅을 벗어나 저 멀리
햇살이 온몸에 스며들어 어둠 없는 나라로

따스한 그대 깃털에 부리를 부비며
잠들고 싶다
눈 뜨면 봉황의 미소 간 곳 없고
무거운 날개 지평선에 걸려 추락하는 꿈
새를 잃은 산도 밤새 신음한다

동백섬

동백섬을 돌아가면 인어를 만난다
귀 밝은 사람은 노래를 듣기도 한다
갈매기가 따라 부르고 파도가 장단을 넣어
광안대교 기나긴 교각마다 한 소절씩 심어놓아
다리 밑을 지나다 보면 노랫소리가 들려온다고
어느 취한 뱃사람이 말했다는데
얼마 전 그 곳을 지나며 나도 언뜻 들은 듯하다
늙은 해녀처럼 인어는 떠나고 이름만 남아
솔잎을 스치는 바람 소리였는지 갈매기 울음이었는지
곰곰이 되새겨보니 해 지던 어느 바닷가에서
노을을 따라가며 그대가 부르던 노래
먼바다를 떠돌다 마지막 남긴 물결소리였는지
옛 노래가 귓가에서 종일 파도 치는 날
한결같이 기다려주는 인어를 만나러 섬으로 갈까
사람들 별빛처럼 멀어지는 계절의 끝 무렵
희미해진 노래를 목청껏 부르고 싶어지는 날
해운대 포장마차에 들러 소주잔에 바다를 담아 볼까
객쩍은 농담으로 외로움 툭툭 털어내고
다시 추억을 만들려는 사람처럼 밤바다를 걷다가

이제는 동백도 지고 없고 섬도 아닌 섬으로
문득 생각난 듯 발길을 돌리면
한사코 파도가 매달리는 바위 모퉁이
인어의 울음소리 아릿하게 맴도는 밤

무작정 비를 긋다

통도사 열아홉 암자 가는 길
빗줄기 따라 사명암에 들렀다
무작정無作亭이 연못에 발을 담그고 있었다
무작정 찾아간 곳에서 무작정을 만난 날
절을 찾는 발길 드물어 보슬비만 오가고
빈 찻상에 붉은 모과 한 쌍이 주인 행세하며 맞아주었다
이윽고 나뭇가지마다 수정구슬이 열매 맺고
추녀 밑 낙숫물소리가 목탁처럼 울렸다
세상이 동그랗게 모여들었다
작아지고 낮아지고 가까워졌다
축축해진 모과향 너머 나를 기다리는 것은
홀로 절 마당을 채우는 빈 차뿐이었으므로
나는 오래도록 무작정 비를 그었다

* 無作亭 : 양산 통도사 주변 사명암에 있는 정자

봉정사의 용

다섯 발가락 온전한 용을 만나고자
마침내 봉정사에 이르렀으나
아름드리 배흘림기둥은 쩍쩍 갈라져 마른 속살 드러내고
화려한 단청도 천 년 풍상에 시들어
구름인 듯 연꽃인 듯

먼 옛날 바람 일고 천둥비 가득할 때
재 너머 검은 하늘 섬광으로 가르며
긴 몸 굼실, 우르릉 불길 토하다
속 깊은 산골에 긴 꿈으로 숨어있나
날 저물도록 온 가람 더듬다
대웅전에 돌아앉아 지쳐 바라보니

부처님
빙그레

그 너머 어둠 속에 꿈틀대는 용의 몸짓
초승달 발톱으로
나를 안고 날아오르네

우리가 걸어가는 길

우리 언제 한가로이 들녘을 걸었던가
은빛 억새가 손 흔들며 맞아주고
홍수에 쓰러졌던 벼가 힘차게 일어서는 저 들판에서
뭉클 솟아나는 먼 그리움을 노래하며
둘레길을 유유자적 걸어보았나

우리 언제 하늘을 향해 뛰어올랐던가
회색 건물과 검은 아스팔트에서 벗어나
양떼가 구름처럼 노니는 목장길을 따라
풍력발전기가 큰 팔을 휘두르는 바람 부는 언덕으로
바우길을 유유자적 오르내렸나

우리 언제 바닷가를 나그네처럼 걸었던가
파도소리 종일 따라오는 물기 어린 모래밭에
선구자처럼 첫 발자국을 남기며
조개껍질 귀에 대고 갈매기를 벗 삼아
마실길을 유유자적 둘러보았나

사랑하는 사람아

두 다리로 굳건하게 대지에 서자
생명을 살찌우는 흙의 기운을 받아
태초의 호흡으로 하늘과 교감하며
자연을 닮아가는 눈빛으로 발을 내딛자

미워하는 마음 버리고
아등바등 다투지 말고
구름처럼 달처럼 유유히 걸으면
어느새 가슴은 기쁨으로 벅차오리니

험한 인생길도 저 들녘 꽃길을 걷듯
건강한 몸과 넉넉한 마음으로
유유자적 손잡고 길을 나서자

제례 상차림 5열 8규

세상은 오행으로 이루어지고
인간의 몸도 다섯 가락이라
오륜을 지키며 오복을 기리고자

1열에는 메와 갱
2열에는 전과 적
3열에는 탕
4열에는 포와 채
5열에는 과일을 진설하고

세상은 음양이 조화를 이루어
신위는 북쪽에 모시니
해 뜨는 동은 양이요 서는 음이라

신위는 남좌여우, 밥과 국은 좌반우갱
생선은 두동미서, 고기와 탕은 어동육서
삼색나물 생동숙서, 포와 식혜는 좌포우혜
과일은 조율이시, 국수와 떡은 면서병동

5열 8규의 지극한 원리와
갖은 정성으로 음식을 올리오니
조상님 부디 흠향하시고
자손만세영 밝게 비춰주옵소서

* 남좌여우男左女右 : 남자 조상의 신위를 왼쪽에 둔다. 산 자와 죽은 자의 세
  계는 반대이기 때문이다.
* 좌반우갱左飯右羹 : 왼쪽에 밥, 오른 쪽에 국을 놓는다. 역시 산 사람의 상
  차림과는 반대방향이다.
* 어동육서魚東肉西 : 생선은 동쪽, 육류는 서쪽
* 생동숙서生東熟西 : 산 것은 동쪽, 익은 것은 서쪽
* 두동미서頭東尾西 : 머리는 동쪽으로, 꼬리는 서쪽으로 향한다.
* 좌포우혜左脯右醯 : 왼쪽에 포, 오른쪽에 식혜를 놓는다.
* 조율이시棗栗梨柿 : 대추, 밤, 배, 감의 순서로 놓지만, 가풍에 따라 조율시
  리를 택하기도 한다.
* 면서병동麵西餅東 : 국수는 서쪽, 떡은 동쪽
* 자손만세영子孫萬世榮 : 자손 대대로 영화를 누리다.

삼십 년 약속

삼십 년 전, 이곳에 다시 오자 했었다
큰 칼에 새겨놓은 장군의 맹세보며
손도장 찍어 다짐한 까까머리 옛 약속

은행나무보다 큰 건물이 그때는 없었다고
수학여행 노래자랑처럼 흰 머리가 노래 불렀다
가랑잎 금빛 장단에 합창은 이어졌지만

아무도 삼십 년을 다시 기약하지 않았다
누군가의 미래가 될 때 가슴이 뛰는 거라며
현충사 은행잎들이 앞서 가며 춤췄다

* 현충사에는 이순신 장군이 쓰던 칼이 보관되어 있다. 그 칼자루에는 장군
  의 왜적격멸의 의지가 다음과 같이 새겨져 있다.
  三尺誓天山河動色 一揮掃蕩血染山河(석 자의 칼로 하늘에 맹세하니 산하
  의 색이 변하는도다. 한바탕 휘둘러 쓸어 없애니 강산이 피로 물드는구
  나)

현실을 간접화하는 따뜻한 관념의 옷

윤 성 희 (문학평론가)

강석화 시인이 단아하게 가편집된 시집 원고를 들고 찾아왔다. '호리천리'라는 제목을 붙인 시집이다. 나는 무심결에 '호리천리'가 무슨 뜻이냐고 묻는다. '처음의 털 끝만큼의 차이가 나중에 천 리만큼 벌어지게 한다'는 뜻이라고 대답이 온다. 아하, 하고 뒤늦게 깨달은 무지에 분홍빛 감정이 살짝 밀려온다. 돌이켜 생각하니 간간이 읽어보던 강석화의 시에는 독자를 당혹하게 만드는 그런 지적 휘장들이 종종 둘려 있었다. 작품의 표제로 보여주는 휘장도 있지만, 작품 안에도 지적 취향을 드러내는 표현들을 품고 있다. 어떤 것은 시의 말미에 주석을 붙여야 할 만큼 관념의 세계를 드러내놓고 선호한다. 강석화의 시는 관념을 전면에 내세움으로써 현실을 간접화하는 경향이 있다.

에두를 것 없이 직진하자. 시인은 「시선은 권력이다」라는 작품을 쓰면서 작품 말미에 세 개의 각주脚註를 붙인다. 그 중 첫 번째는 이 시대의 대표적인 예언적 정치소설로 불리는 작품의 상징 인물에 관한 설명이다. 두 번째는 시적 사유의 출발점인『시선은 권력이다』라는 박정자의 에세이에서 이 작품의 제목이 딸려 나왔음을 밝히는 내용이다. 세 번째 항목 매트릭스는 단순한 SF영화 이상의, 이종異種 문화 장르를 아우르며 인간성 회복에 대한 강한 염원을 담아내고 있는 미래영화의 제목이다. 말할 것도 없이 이들 세 각주의 공통 요소는 테크놀로지가 인간의 가치와 존엄성을 지배하는 상황에 대한 강한 우려의 메시지들이라고 할 수 있다.

* 빅브라더 : 조지 오웰의 소설 '1984'에 등장하는 사회체
  제 감시권력
* 시선은 권력이다 : 박정자의 사회비평 에세이(기파랑,
  2008)
* 매트릭스 : 워쇼스키 감독의 영화(워너 브러더스, 1999)
　　　　　　　　　　　　　　　─「시선은 권력이다」 각주 부분

　인용을 통해 다시 한 번 확인하는 바지만 시인이 독서나 그 인접 장르의 이해를 통해 세상을 이해하는 시야를 얻고 있음을 보여주는 사례다. 각주는 작품 외적 일부에 불과하지만, 이것만으로도 시인이 갖고 있는 세상에 대한 이해와 인식의 태도를 알아내는 데 매우 유용하다. 「시선은 권력이다」에서 '나'라는 시적 화자는 독자적인

감수성을 가진 한 개인이 아니라 '우리'로 대체되거나 확장될 수밖에 없는 집단적 화자로 존재한다. "나를 지켜보는 새벽 교차로의 붉은 신호등", "나를 보고 있는 은밀한 시선들"(「시선은 권력이다」일부)에 의해 포박된 '나'는 무수한 '너'의 집합이면서 '우리 모두'의 또 다른 이름인 것이다. 이 작품이 문제 삼고 있는 시적 정황은 개인의 내밀한 감성영역이 아니라 개인을 둘러싸고 있거나 개인과 상호작용의 관계에 있는 사회적 영역이다. 말하자면 화자의 시선은 개인의 삶에 끊임없이 작용하는 바깥 세상을 향해 있는 것이다.

화자는 세계를 이렇게 인식하고 있는 것 같다; 우리의 일상을 감시하고 통제하는 '눈' / 감시와 통제를 당하고 있는 '우리'는 절대로 비대칭적 관계를 벗어날 수 없다. 타자와의 관계에서, 또는 제도(사회영역)와의 관계에서 개인은 '눈'을 가지지 못한다. 그런데 나에게 없는 '눈'이 세상에는 물샐틈없을 정도로 편재遍在하고 있다. 심지어는 교차로에 있는 붉은 신호등까지 나를 새벽까지 지켜보고 있지 않은가. 주변에 넓게 퍼져있는 이런 현실은 영국의 철학자 제레미 벤담의 '판옵티콘'에 비견되는 사회적 정황을 떠올린다. 죄수들의 일거수일투족은 간수에게 완전히 노출되어 있는 반면, 죄수는 간수의 모습을 보지 못한다. 그래서 한 사람의 간수만으로도 모든 죄수에 대한 감시가 가능해진다. 그것이 바로 권력의 메커니즘을 발생시키는 이유이고 두려움의 근원이다.

결국, 시「시선은 권력이다」는 오웰의『1984』와 박정자의『시선은 권력이다』의 주제를 통과하지 않으면 나오기 어려운 작품이다. 책(영화)이 매개가 되어 세상을 들여다보고 있음을 알게 하는 대목이다. 시인과 세계 사이에는 '책'이라는 지적 인식의 도구가 있는 것이다. 다음의 시역시 독서를 통한 현실인식과 존재론적 고민의 흔적을 보여준다.

　　삼라만상이 허상이라는 낡은 진리를 깨닫는 순간
　　나는 자칼에게 목을 물렸다
　　가야 할 때가 되어야 답을 알게 되는 짧은 삶
　　우리가 꿈꾸었던 초원은 어디에 있는가
　　놀란 초식류들이 해탈을 향해 달린다
　　헐떡이며 뒤따르다가 제 뱃속을 위해 달려드는
　　맹목의 사생아들이여
　　너희 또한 계획된 존재라고 말할 것인가

　　소주잔으로 탁자를 세 번 두드리며
　　엄중히 언도하나니
　　너희에게 무슨 죄가 있겠는가
　　세상이 유죄일 뿐이다
　　사회가 너희를 구렁으로 몰았으니
　　그저 잘 먹고 잘 자고 살 팍팍 찌거라
　　어느 볕 좋은 날 순서대로 몸 바치게 될
　　소크라테스의 돼지들아

나는 목이 물릴 때마다
그들의 목을 위해 기도를 올렸다
—「소크라테스의 돼지」 전문

　내가 알기로 '소크라테스의 돼지'라는 말은 없다. '배부
른 돼지보다 배고픈 소크라테스가 낫다'는 존 스튜어트
밀의 말을 비틀어 차용한 모순어구로 보인다. '배부른 돼
지냐? 배고픈 소크라테스냐?'라는 양자택일의 상황에서
찾아낼 수 있는 현실적인 답이 '배부른 소크라테스'일 것
이다. 현실적이기는 하되 '배부른 소크라테스'는 이미 소
크라테스로서의 정체성을 갖고 있지 못하다. 그래서 '소
크라테스의 돼지'인 것이고 "어느 볕 좋은 날 순서대로
몸 바치게 될" 존재에 불과하다. "가야 할 때가 되"기까
지는 알 수 없는 무지와 더불어 우리는 소크라테스라는
착각 속에 돼지의 삶을 살고 있는지 모른다. 이게 우리
모두가 직면해 있는 자신들의 모습이다. 그렇다면 진정
한 삶이란 어떤 것인가. 시인이 던지고 있는바 "우리가
꿈꾸었던 초원은 어디에 있는가"라는 질문은 인간이 근
본적으로 추구해야 할 가치가 무엇인가라는 존재론적
질문으로 다가온다.
　시인은 인간의 근본 조건을 따지고 있다. 존재의 본질
에 대한 철학적 의미를 묻고 있는 것이다. 시인이 밀의
『공리주의』를 어디까지 읽었는지는 알 수 없다. 그러나

밀이 전하는 언어에 대한 이해 없이는 인간의 존재론적 본질에 다가가기 어려운 것이 사실이다. 독서 경험의 확장을 통해서 시인은 우리의 지적 체계를 점검하고 언어적 사유를 자극하고 있는 것이다. 강석화 시인 특유의 시적 취향과 개성을 내보이는 한 장면이 아닐 수 없다. 그런 특성은 「깊이에의 강요」라는 작품에 이르면 더 직접적으로 나타난다. 이 시는 어쩌면 시인의 독후 활동의 결과물로 읽히기도 한다.

> 그의 그림은 깊이가 없다
> 노교수의 말씀은 그대로 꼬리표가 되었다
> 바닥 없는 골짜기에 물 흐르는 소리
> 불면의 귓가에 찰랑거렸다
>
> ············
>
> 작은 추모전에 비가 내리고
> 짧았던 외톨이 삶이 여러 입을 맴돌 때
> 이제는 침침해진 눈으로 노교수가 말한다
> 깊이를 알 수 없는 고인의 그림은
>
> —「깊이에의 강요」 1, 4연

「깊이에의 강요」는 파트리크 쥐스킨트의 소설과 동명의 작품으로 일종의 요약된 강석화 버전이라 할 수 있다. 소설 「깊이에의 강요」는 깊이가 없다는 평론가의 말한 마디("그 젊은 여류 화가는 뛰어난 재능을 가지고 있고, 그녀의 작품들은 첫눈에 많은 호감을 불러일으킨다. 그러나 그것들은 애석하게도 깊이가 없다.")에 어이없이 무너지고 마는 한 여류 화가의 파멸을 그리고 있다. 여기에 그녀의 죽음 이후 자신의 관점을 쉽게 뒤집어버리는 평론가의 무책임을 대비시켜 권위에 의해 포장된 타자에 대한 규정이나 정의가 얼마나 위험한 것인가를 환기한다. 강석화의 시는 쥐스킨트의 소설에 대한 시적 번역문이다. 독서의 결과에 시의 몸을 입힘으로써 소설의 산문적 문제의식에 보편적 호소력을 갖추어 준다.

관념 언어로 인식되는 보편성을 추구하다 보면 시의 정서적 밀도는 낮아질 수밖에 없다. 감성의 유연함이 부족하다는 평가를 들을 수도 있다. 그러나 이는 언어적인 경험 세계를 중시하는 시인이기에 치러야 할 반대급부적 대가이다. 특히 「심청전 분서焚書 사건」「미친년 미친놈」「안항雁行」과 같은 시들에서는 독서와 연관된 생각의 편린들이 관념의 세계를 형성한다. 거기서 한 발짝 더 나아가 「어죽오미魚粥五味」 등의 시에 이르면 지적 낭만으로 채색된 관념의 공간은 더욱 확대된다. 관념이란 생각의 골격에 해당하므로 메시지를 강조하는 데에는 매우 유용한 도구다. 그러나 관념은 정신적 의미를 주는 대신 육체의 체온을 감쇄시킨다. 육체에 체온이 없다면 그것은 죽은 몸 아닌가. 체온을 유지하고 관념의 공허를 메울 방법은 없는가.

관념의 공허를 뛰어넘기 혹은 관념에 보온재를 덮어주기의 방법으로 시인은 자기 성찰과 깨달음의 세계로 나아간다. 문제의 발견이나 해석만 가지고 취하는 지적 포즈는 진정성을 담보하기 어렵다. 세계를 발견하는 문제의식의 방향을 자아로 선회하여 자신의 문제를 천착하고 고백하는 태도를 보면서 독자는 시인의 진정성을 읽는다. 진정성이야말로 시인과 독자 사이에 정서의 교집합 부분을 확장할 수 있는 심리적 기반이 된다.

> 몇 걸음 못 가 휘청거렸다
> 말씀의 숲에서 길 잃은 순례자처럼
> 맥락을 헛딛고 행간을 건너뛰면서
> 소걸음으로 큰 산을 옮기리라 믿었다
>
> 비탈진 모퉁이를 돌고 돌았다
> 길이 막히면 사람 공부가 부족하다 싶었다
> 심리학을 지도 삼고 카네기를 나침반 삼으면
> 인연의 씨줄 날줄이 드러날 줄 알았다
>
> 사랑하는 법을 배운 적 없어
> 사랑할수록 빈 칸이 되는 이기적인 유전자
> 사랑은 틸란이었다 뿌리를 내려도 허공이었다
> ─「틸란의 노래」 부분

이 시는 지금까지의 삶의 방식에 대한 자기반성을 담

고 있는 작품이다. 가슴보다 머리를 앞세운 삶, 큰 것에 집착하여 작은 것을 돌보지 못한 삶들을 성찰하면서 이런 삶의 시간을 "파도에서 황금을 건져 탄식으로 날려보낸 날들"로 규정한다. 또한 지도나 나침반에 의존하는 교과서적인 인생의 지침들이 얼마나 쓸모없고 무의미한 것이었는지 깨닫는다. 자신의 믿음('믿었다')과 지식('알았다')이 얼마나 공허한 것이었는지도 뒤늦게 깨닫게 된다. "뿌리를 내려도 허공이었다"는 진술이나 시의 결구에서 "목마름을 과잉분비하는 못된 호르몬을 때려잡아야 할 때"라는 인식은 그러한 관념의 공허에 대한 깨달음을 보여 준다.

「단풍」이라는 시에서 보는 깨달음도 자기반성으로부터 비롯된다. 시의 화자는 "나 어쩌면 자만에 물들어/얕은 재주를 벼슬로 여기지 않았는지//우리들 혹시 일상에 길들어/시간을 방패로 삼지 않았는지" 뒤돌아본다. 얕은 재주를 자랑하던 교만과 일상에 길들여진 타성의 시간들은 부끄러움의 진원지이다. "가을잎이 저절로 붉어지는 까닭을" 이제 알겠다고 말하는 장면에서는 깨달음의 미학이라 할 수 있는 감정의 절제까지 돋보인다. "비우면 채워진다는 헛된 말까지/쓸고 또 쓸어낸다"(「마음 비우기 수칙」)는 마음자세나 "마누라 탓하다 나를 돌아보니/참지 않아도 되는 일 무엇이 있었나"(「썩은이에 대하여」)는 자기 바라보기는 성찰을 통해 이르게 되는 자세의 교정이다.

강석화 시인은 시를 통해 마음을 가다듬는다. 시를 감정 배설의 숙주쯤으로 여기는 시인이라면 내려가기 힘든 깊이이다. 상식에 근거한 지적 포즈에 매달린 채 가식의 관념 놀이에 도취해 있는 시인이라면 도달하기 어려운 모습이다. 강석화의 시가 관념을 전면에 내세움으로써 현실을 간접화하는 경향이 있다고 말한 바 있다. 현실의 육질을 직접 드러내지 않고 본질적 가치를 찾으려다 생기는 어쩔 수 없는 선택이다. 다행인 것은 시인의 시선이 바깥세상을 향해 고착되지 않았다는 점이다. 그 시선이 '틸란의 뿌리'처럼 공허하다는 것을 깨달았기 때문이다. 그리하여 어설픈 사회적 발성을 버리고 시의 저체온증을 이겨낼 수 있었던 것이다. 따뜻한 관념의 옷이란 게 있다면 그건 강석화의 시가 입고 있는 옷이 아니었을까. 다음에 그가 고쳐 입고 나타날 옷의 색상과 재질, 디자인이 새삼 기대된다.